EL ALCÁZAR DE SEVILLA

EL DUQUE DE RIVAS

Magnífico es el Alcázar
con que se ilustra Sevilla,
deliciosos sus jardines,
su excelsa portada rica.
De maderos entallados   5
en mil labores prolijas,
se levanta el frontispicio
de resaltadas cornisas;
hay en ellas un letrero
donde, con letras antiguas,   10
«don Pedro hizo estos palacios»,
esculpido se divisa.
Mal dicen en sus salones
las modernas fruslerías,
mal en sus soberbios patios   15
gente sin barba y ropilla.
¡Cuántas apacibles tardes,
en la grata compañía
de chistosos sevillanos
y de sevillanas lindas,   20
recorrí aquellos verjeles,
en cuya entrada se miran
gigantes de arrayán hechos
con actitudes distintas!
Las adelfas y naranjos   25
forman calles extendidas,
y un oscuro laberinto
que a los hurtos de amor brinda.
Hay en tierra surtidores
escondidos; se improvisan   30
saltando entre los mosaicos
de pintadas piedrecillas,
y a los forasteros mojan,
con algazara y con risa
de los que, ya escarmentados,   35

el chasco pesado evitan.

* * *

En las tardes del estío,
cuando al ocaso declina
el sol entre leves nubes,
que de oro y grana matiza,   40
aquel transparente cielo,
con ráfagas purpurinas,
cortado por un celaje
que el céfiro manso riza;
aquella atmósfera ardiente   45
en que fuego se respira,
¡qué languidez dan al cuerpo!,
¡qué temple al alma divina!
De los baños, tan famosos
por quien los gozó, la vista,   50
la del soberbio edificio,
obra gótica y morisca,
tétrico en partes, en partes
alegre, y en el que indican
los dominios diferentes,   55
ya reparos, ya ruïnas;
con recuerdos y memorias
de las edades antiguas
y de los modernos años,
embargan la fantasía.   60
El azahar y los jazmines,
que si los ojos hechizan,
embalsaman el ambiente
con los aromas que espiran;
de las fuentes, el murmurio;   65
la lejana gritería
que de la ciudad, del río,
de la alameda contigua
de Triana y de la puente
confusa llega y perdida,   70

con el son de las campanas
que en la alta Giralda vibran,
forman un todo encantado,
que nunca jamás se olvida,
y que, al recordarlo, siempre   75
mi alma y corazón palpitan.

* * *

Muchas deliciosas noches,
cuando aún ardiente latía
mi ya helado pecho, alegres,
de concurrencia escogida   80
vi aquellos salones llenos,
y a la juventud, cuadrillas
o contradanzas bailando
al son de orquestas festivas.
En las doradas techumbres,   85
los pasos, la charla y risas
de las parejas gallardas,
por amor tal vez unidas,
con el son de los violines
confundidos se extendían,   90
acordes ecos hallando,
por las esmaltadas cimbrias.

* * *

Mas ¡ay! aquellos pensiles
no he pisado un solo día,
sin ver (¡sueños de mi mente!)   95
la sombra de la Padilla,
lanzando un hondo gemido,
cruzar leve ante mi vista,
como un vapor, como un humo
que entre los árboles gira;   100

ni entré en aquellos salones,
sin figurárseme erguida,
del fundador la fantasma
en helada sangre tinta;
ni en el vestíbulo oscuro,   105
el que tiene en la cornisa
de los reyes los retratos,
el que en columnas estriba,
al que adornan azulejos
abajo y esmalte arriba,   110
el que muestra en cada muro
un rico balcón, y encima
el hondo artesón dorado
que lo corona y atrista,
sin ver en tierra un cadáver.   115
Aún en las losas se mira
una tenaz mancha oscura...
¡ni las edades la limpian!...
¡Sangre! ¡sangre!... ¡Oh cielos, cuántos
sin saber que lo es, la pisan!   120

Romance Segundo

Quinientos años más joven
era el magnífico alcázar;
aún lustrosas sus paredes,
su alto almenaje sin faltas,
y lucientes los esmaltes   125
de las techumbres doradas,
mansión del rey de Castilla
orgulloso se ostentaba,
cuando del mayo florido
una apacible mañana,   130

en aquel salón que tiene
los balcones a la plaza,
dos ilustres personajes
en grande silencio estaban:
un caballero era el uno;   135
el otro, una hermosa dama.

* * *

Rica berberisca alfombra,
del rey moro de Granada
don o tributo, cubría
las losas de aquella cuadra.   140
Un cortinaje de seda
con listas y flores varias,
matizado en el Oriente
que galeras venecianas
(tal vez de su Dux regalo)   145
trajeron a nuestra España,
del abierto balconaje
el radiante sol templaba.
En el testero de enfrente,
de maderas cinceladas   150
un rico oratorio había
con embutidos de nácar,
y en él la imagen devota
de la Virgen soberana,
escultura harto mezquina,   155
mas no de atractivos falta,
de la cual era el adorno
una corona de plata,
reverberando en su cerco
amatistas y esmeraldas.   160
Un manuscrito precioso
con las oraciones santas,
ornatos de miniatura,
y de oro y marfil las tapas,

colocado se veía   165
sobre un atril, que formaban
de un ángel mal esculpido,
aunque con primor, las alas;
y de brocado de oro
en el suelo una almohada,   170
mostrando, por medio hundida,
de dos rodillas la marca.
En los muros blanqueados
con cal de Morón, de caza
pendían varios trofeos,   175
banderas y limpias armas;
y en una mesa o bufete,
puesta en medio de la estancia,
con un tapete cubierta,
cuyos picos arrastraban,   180
un templado laúd había,
un rico juego de tablas,
búcaros llenos de flores
y un cofre de filigrana.

* * *

                                                     185
De un balcón sentóse cerca,
muy pensativa la dama,
en un gran sillón dorado,
cuyo respaldo formaba
un dosel o guardapolvo
en una curva gallarda,   190
de castillos, de leones
y de corona adornada;
un vistoso brial de seda
verde y con labores varias
de sirgo y perlas, y en torno   195
de oro recamos y franjas,
era su traje; una toca
muy más que la nieve blanca

y un claro cendal cubrían
sus trenzas negras y largas.   200
Celestial era su rostro
y divina su garganta;
pero del color de cera
que miedo y penas retrata;
dos soles eran sus ojos   205
bajo las luengas pestañas,
donde dos perlas preciosas
prontas a correr, brillaban.
Era una fresca azucena,
a quien cruda muerte amaga,   210
porque un corroedor gusano
ya su hondo cáliz desgarra.
Ora un blanco pañizuelo,
con puntas bordado y randas,
revolvía con las manos   215
convulsas y deslustradas;
ora absorta y distraída,
agitaba en torno el aura
con un precioso abanico
de ricas plumas de Arabia.   220

* * *

Delgado era el caballero,
de estatura no muy alta,
vivaces ojos, la boca
inquieta, roja la barba,
pálido y enjuto el rostro,   225
nariz corva y afilada,
noble su porte y siniestras
y terribles sus miradas.
Envuelto en un rojo manto,
de oro bordado y con chapas,   230
y una gorra en la cabeza
puesta de lado con gracia,

de largo a largo medía
con pasos lentos la estancia,
y pasiones diferentes   235
su mudo rostro mostraba.
A veces se enrojecía,
arrojando fieras llamas
por los encendidos ojos,
hechos del infierno brasas;   240
luego extendían los labios
sonrisa feroz y amarga,
o en las doradas techumbres
fijaba atroces miradas;
bien apresurando el curso   245
de pie a cabeza temblaba;
bien repuesto proseguía
su paso noble con calma.
Así he visto al tigre fiero,
ya tranquilo, ya con rabia,   250
revolverse a todos lados
dentro de la estrecha jaula.
Marchando sobre la alfombra
no se oían sus pisadas;
pero sordas le crujían,   255
siempre que se meneaba,
canillas y choquezuelas.
Diz que el cielo (¡cosa rara!)
de igual rumor ha dotado
allá en tierras muy lejanas,   260
para que la evite el hombre,
a una serpiente que llaman
de cascabel, y que al punto
que se acerca pica y mata.
Doña María Padilla   265
era la llorosa dama,
y el callado caballero,
el rey don Pedro de España.

Romance Tercero

Cual de solitaria torre
en torno están revolando   270
fieras aves de rapiña,
cuando el sol baja al ocaso,
así en torno de don Pedro
vuelan pensamientos varios,
cuyas sombras ofuscaban   275
de su semblante los rasgos.
Ya ocupa su airada mente
el poder de sus hermanos,
a los que mató la madre
y a quienes llama bastardos;   280
ya de los grandes inquietos
la insolencia y desacato,
o la mengua del tesoro
sin medios de repararlo:
ya la linda doña Aldonza,   285
a quien tiene a buen recaudo,
o las sangrientas fantasmas
de inocentes que ha matado;
ya una proyectada empresa
rompiendo la fe de un pacto   290
contra el oro granadino;
o una traición o un engaño.
Mas como las mismas aves

se van escondiendo al cabo
entre las almenas rotas   295
del castillo solitario,
y sólo constante queda,
en torno de él volteando,
la más voraz, la más fuerte,
la que no admite descanso,   300
así aquel tropel confuso
de pensamientos extraños
en que se encontró don Pedro
envuelto pequeño rato,
en su pecho y su cabeza   305
fueron nidos encontrando,
y quedó despierta y viva,
dándole gran sobresalto,
la imagen de don Fadrique,
el mejor de sus hermanos,   310
norma de los caballeros
y maestre de Santiago.

* * *

Del rey de Aragón acaba
don Fadrique el esforzado
de conquistar a Jumilla   315
con noble denuedo y brazo;
deja en lugar de las barras
los castillos tremolando,
y viene a entregar las llaves
a su rey, señor y hermano.   320
Sabe el rey que no es rebelde,
que es su amigo y partidario,
y más que a Tello y a Enrique
lo está embravecido odiando.
Don Fadrique fue el que tuvo   325
de venir a Francia encargo
por la reina doña Blanca;

mas tardó en llevarla un año.
Con ella en Narbona estuvo...,
y un rumor corrió entre tanto   330
de aquellos que son ponzoña;
ora ciertos, ora falsos.
Doña Blanca está en Medina
y en una torre pagando
las tardanzas del vïaje,   335
las hablillas de palacio;
y el cuello de don Fadrique
está en los hombros intacto,
porque tiene gran valía,
poder mucho y nombre claro.   340
Mas, ¡ay de él!... Es de las damas
el ídolo por su trato,
por su gallarda presencia
y por su esfuerzo bizarro;
y si no da sombra al trono,   345
porque es fiel, da ¡mal pecado!,
al corazón duros celos;
y esto es peor, si aquello es malo.
Doña María Padilla,
cuyo entendimiento claro   350
del regio amante penetra
los más ocultos arcanos,
y en quien la bondad del alma
sobrepuja a los encantos
de su peregrino rostro   355
y de su cuerpo gallardo,
vive víctima infelice
de continuo sobresalto,
porque al rey ama y le mira
a mal fin tender el paso.   360
Conoce que sobre sangre,
persecuciones y llantos
no está nunca firme un trono,
nunca seguro un palacio,

y tiene dos tiernas niñas,   365
que con otro padre acaso,
aunque ilegítimo fruto,
pudieran todo esperarlo.
Ve en el insigne Fadrique
un apoyo, un partidario;   370
sabe que llega a Sevilla
y a voces le está indicando
de su fiero amante el rostro,
que viene en momento aciago,
y por aquietar sospechas,   375
o darles punto más alto,
al fin, rompiendo el silencio,
aunque con trémulos labios
osó hablar, y estas palabras
entre los dos se mezclaron: 380
«¿Conque hoy llegará triunfante
don Fadrique, vuestro hermano?»
«Y por cierto que ya tarda
en llegar aquí el bastardo.»
«Bien os sirve!»... Sí, en Jumilla   385
como un héroe se ha portado;
de su lealtad os da pruebas;
es muy valiente.» «Lo es harto.»
«Ya estaréis, señor, seguro
de su pecho noble y franco.»   390
«Aún más lo estaré mañana.»
Enmudecieron entrambos.

Romance Cuarto

Grande rumor se alza y cunde

de armas, caballos y pueblo

de Sevilla por las calles,   395

al Maestre recibiendo.

Suenan los vivas unidos

con los retumbantes ecos,

que en la altísima Giralda

esparce el bronce hasta el cielo.   400

Vase acercando la turba,

pero se la escucha menos;

ya a la plaza de palacio

llega, y párase en silencio,

que la vista del alcázar   405

gozaba del privilegio

de apagar todo entusiasmo,

de convertir todo en miedo.

Quedó, pues, mudo el gentío,

falto de acción y de aliento,   410

para pisar la gran plaza

con un mágico respeto;

y el maestre de Santiago,

con algunos caballeros

de su Orden, entra, seguido   415

de corto acompañamiento.

Dirígese hacia la puerta,

como aquel que va derecho

a encontrar de un buen hermano

el alma y brazos abiertos,   420

o como noble caudillo,

que por sus gloriosos hechos

de un rey a recibir llega

los elogios y los premios.

Sobre un morcillo lozano   425

que espuma respira y fuego,

y a quien contiene la brida

si ensoberbece el arreo,

muéstrase el noble Fadrique

con el blanco manto suelto,   430
en que el collar y cruz roja
van su dignidad diciendo;
y una toca de velludo
carmesí lleva, do el viento
agita un blanco penacho   435
con borlas de oro sujeto.

* * *

Pálido como la muerte
el iracundo don Pedro,
en cuanto entrar en la plaza
vio al hermano desde lejos,   440
como si de mármol fuera
quedó del salón en medio,
y en sus furibundos ojos
ardió un relámpago horrendo;
pero pronto en sí tornando,   445
salióse del aposento,
cual si del huésped quisiera
buscar afable el encuentro.
Así que volver la espalda
le vio la Padilla, lleno   450
el corazón de amargura
y de llanto el rostro bello,
álzase y sale turbada
del balcón al antepecho,
al gallardo maestre indica   455
con actitudes y gesto,
Que llega en mal hora, y mueve
por el aire el pañizuelo,
diciéndole en mudas señas
que se ponga en salvo luego.   460
Nada comprende Fadrique,
y por saludos teniendo
los avisos, corresponde

cual galán y cual discreto.
Y a la ancha portada llega,   465
do guardias y ballesteros
le dejan el paso libre,
mas no entrada a su cortejo.
Si no conoció las señas
de la Padilla, don Pedro   470
las conoció, pues paróse
aun indeciso y suspenso
de la cámara en la puerta
un breve instante, y volviendo
los ojos, vio que la dama   475
agitaba el blanco lienzo.
¡Oh Dios! ¿Fue esta acción tan noble
de tan puro y santo intento,
la que llamó a los verdugos,
y la que firmó el decreto?   480

* * *

Apenas puso el maestre,
de dos solos escuderos
seguido, el pie confiado
en el vestíbulo regio,
donde varios hombres de armas,   485
vestidos de doble hierro,
paseándose guardaban
de la escalera el ingreso,
cuando a uno de los balcones,
como aparición de infierno,   490
el rey se asoma, gritando:
«Matad al Maestre, maceros.»
Siguió, como en la tormenta,
el súbito rayo al trueno,
y seis refornidas mazas   495
sobre Fadrique cayeron.
Llevó la mano al estoque,

pero en el tabardo envuelto
halló el puño, y fue imposible
desenredarlo tan presto.   500
Cayó en tierra, un mar de sangre
del roto cráneo vertiendo,
y lanzando un alarido
que llegó ,sin duda, al cielo.
Voló al instante la nueva   505
de tan horrible suceso;
apelaron a la fuga
los freiles y caballeros;
huyó a esconderse en sus casas,
temblando de horror, el pueblo,   510
y del alcázar quedaron
los alrededores desiertos.

* * *

Diz que el ver sangre embravece
al tigre con tanto extremo,
que prosigue los destrozos,   515
aunque ya esté satisfecho
su vientre, porque se goza
en teñir de rojo el suelo.
Sin duda al rey de Castilla
le sucedía lo mesmo.   520
En cuanto vio a don Fadrique
desplomarse en tierra, yerto,
corrió por palacio todo:
buscando a sus escuderos,
que, trémulos y amarillos,   525
de aposento en aposento
huyen, sin hallar amparo,
corren, sin hallar un puerto.
Por dicha logró fugarse
o esconderse el uno de ellos;   530
Sancho Villegas, el otro,

no fue tan feliz o diestro.
Viendo que el rey le persigue,
entróse, de espanto muerto,
donde estaba la Padilla   535
desmayada y en su lecho,
asistida por sus damas
que están temblando de miedo,
y con sus niñas al lado,
ángeles en alma y cuerpo.   540
Mirando allí el infelice
aun perseguirle el espectro,
que en asilos no repara,
coge en sus brazos de presto
a doña Beatriz, que apenas   545
cuenta seis años completos,
hija por quien el rey tiene
el más cariñoso extremo.
Pero ¡ay! de nada le sirve...
En vano allá en el desierto   550
con la cruz santa se abraza
el peregrino, si recio
brama el sur, si arde el espacio,
si olas de arena, creciendo
mar espantoso, confunden   555
la baja tierra y el cielo.
Con la niña entre los brazos
y de rodillas, el pecho
traspasóle furibunda
la daga del rey don Pedro.
                                                             560

        *   *   *

Cual si no hubiese en palacio
nada ocurrido de nuevo,
se asentó el rey a la mesa,
como acostumbra, comiendo.
Jugó enseguida a las tablas,   565

salió después a paseo,
fue a ver armar las galeras
que han de ir a Vizcaya luego;
y en cuanto cubrió la noche
con su manto el hemisferio   570
entró en la Torre del Oro,
donde tiene en un encierro
a la linda doña Aldonza,
a la cual del monasterio
de Santa Clara ha sacado,   575
y a la que idolatra ciego.
Fue un rato a hablar en seguida
con Leví, su tesorero,
en quien tiene su privanza,
aunque es un infame hebreo;   580
y muy tarde retiróse
sin más acompañamiento
que un moro, su favorito,
hombre bajo por supuesto.
Entró en el tranquilo Alcázar,   585
llego al vestíbulo excelso,
y en él paróse un instante,
la vista en torno moviendo.
Una lámpara pendiente
del artesonado techo   590
en derredor derramaba
ya sombras, y ya reflejos.
Entre las tersas columnas
dos hombres de armas, dos negros
bultos paseaban solos,   595
vigilantes y en silencio;
y en tierra aún tendido estaba,
de un lago de sangre en medio,
el maestre don Fadrique
en su roto manto envuelto.   600
Se acercó el rey, contemplóle
con atención un momento,

y notando que no estaba
del todo su hermano muerto,
pues aún respiraba acaso   605
palpitante el hondo pecho,
le dio con el pie un empuje
que hizo estremecer el cuerpo;
desnudó la aguda daga,
al moro la dio, diciendo: 610
«Acábalo», y sosegado
subió y entregóse al sueño.